抜け出しても抜け出しても変なパーティー

水野しず

左右社

職業はピエロをやっておりますがここに書くなら無職にします

「だし巻き」は「卵」が無視をされているそういう事はわりとよくある

やくしまるえつこになりたい人がいる　なってごらんとえつこは思う

サントラの曲のタイトルが「暗躍」でしかも1から7まであった

神様を信じますか？　と聞かれたがもっといる前提で言ってきていい

「ラベン」って略す店員はラベンダーのことを花だと思っていない

イチローは野球が上手いだけなのに〈全て〉が上手い雰囲気がある

人間は全員ゴリラサンパウロ大聖堂より森に住みたい

バカが住むジェンガと言ってすいませんタワーマンションは天才の筒

売り物の犬を盗んで走り出す犬が速くて置いていかれる

踊り場で踊ってなくてすいません　そういう気持ちはどうしたらいい

大天使（中とか小の存在をあなたが中とか小にしている）

強盗に「出せ」と言われて出すのものは実は蕎麦でもよかったりして

「メイドバーの水餃子には味がない」そういうことも智恵子は言った

自販機でCRYSTAL GEYSERを買って飲む人を信用してはならない

頂いた花はどこからゴミですかセクシーな犬とそうでない犬

すいませんやめてもらっていいですかシルバニアの毛をむしり取るのは

「ごほうび」と売ってる側が言ってくる当方の金を得る分際で

出し子にもひたむきな人とそうでない人がいるから目が離せない

この歳で即身仏って目指せます？（むしろご年配は有利となります）

丹念に蛇に毎晩言い聞かせお前は紐だと思い込ませる

ゲド戦記、良かったけどねと言いながら賽銭箱から金を盗む日

絵がダサいたったそれだけ絵がダサいたったそれだけ絵がダサいだけ

デンジャラストリオに一人デンジャラスではない人がいるのが普通

一度だけ叔母と盛り上がったことがある「すごくお互いガリガリですね」

泥棒が盗んだアロマディフューザーそれでも人は癒されるのか

「プロアクティブ効く」って聞いて、ゲイノー人みたいなヒフにみんななる

パンドラの箱は開けたら閉めといて宮根誠司のテレビは消して

「永遠の輝き」だからと言われてもどうせ無くすし見た目も微妙

偉くても偉くなくてもバイトせよ士農工商ファンシーショップ

偏差値の高いものほど死になさい輝く明日輝く明日

ここまでは宮崎駿の関係者ここから先は一般の方

抜け出しても抜け出しても変なパーティー　目次

岐阜

隣人の顔も見えない霧の中ラジオ体操を公然とやる

輪切りにし焼印を押した木の幹が至るところで飽和している

ダサい草、死んでる巨木、サグいツタ、子供が落ちる暗い側溝

この辺で火を燃やしたいならどうぞ　的、佇まいで無言の広場

ソビエトの色になってる国道でおかしのまちおかだけがあかるい

この世って滅びたのかなと思うほど山道は暗く命がショボい

床屋とも美容師ともつかぬ第三の髪を切ってる勢力の方

この辺で最も活気がある場所は火力がすごいゴミ処理施設

核融合G（グラウンド）に行く弟はここで被曝はしてないと言う

自然薯を掘るのはあなたが思うより五十五倍は過酷ですけど

さまざまな純粋

私は人から「純粋ですね」ということをしばしば言われるのですが、
意味がわからないので自分なりの「純粋」を追求したものがこれです

純粋不信

ボランティアの手品は心が動かない　「誠意」と「手品」が殺し合ってて

場末にも許せる場末とそうでない場末があるよはっきり言って

全米が何を言っても信じない判断力は別にないから

新しくできた「座」なのにへびつかい　これで喜ぶ人がいますか？

友達がつきあってる人のエックスに路上観察が趣味とあります

豊島区は〈全て〉がぶら下がってますが、これは練馬区でもそうですか

敗北し惨殺されて雨風に打たれたものしかもう信じない

純粋被害妄想

星の数をみんなが水増してるから最高裁まで戦うつもり

重力はあんまり好きじゃないですね人の質量を当てにしていて

「ご自由にどうぞ」と言われてうれしがる程度の人と見積もられてる

宇宙って広がり続けているらしい　狭いところの方がいいのに

花全部、私をバカにして咲いている《可能性》すら見出せる

ブレンドをしている際のバリスタはさぞかし楽しく混ぜるのでしょう

ベルリンの壁ではないけど「壁」だよね。何かの「表明」だとは思うが

公共の万人が見る空なのに勝手に星座を描かれている
シーフードサラダを見れば思い出すただのサラダを食べたあの日を

純粋お互い深入りしないと決めた人

ログアウトしようかなって、どうですか。変な努力はお互いせずに

「コロッケとは、食べ物の方のコロッケを?」「ええ。一晩中眺めています」

肩掛けのバッグ、3つか。なるほどね。これも令和のあり方でしょう

ビジネスの会話ですからAIで大丈夫ですよ寝ててください

アレですか。お休みの日はセリアとかマクドナルドとかそういう規模感

骨密度ある方ですし、内臓もいいのですけど歯はもうなくて笑

純粋努力家

「芸術」を死に物狂いでやっている。回転寿司を一つも取らずに

先方は余命半年と聞いてるがそれでも決死で物乞いをする

ヒドラだよ♪　一つ残らず破壊せよ　働きすぎてるちきゅうの人を

純粋名指し

最悪の治安の場所にはゆで太郎あるいは百円ローソンがある

はま寿司の新店予告のよろこびがゆっくり運ぶ軽い絶望

絶対に助けに行くから待っててよ揖保乃糸でも食べて待ってろ

ココナッツサブレを食べている奴に就職なんかできないだろう

バーガーキングに行きたがるなよ。

純粋泥試合

キリストの代理で派遣されてきた奄美のユタですやってはみます

角栄の家を燃やしてＢＢＱフリーダイヤルでおにぎりを買う

のれん分けしなくていいよ無能向けカニ漁漁船が明日来るから

利他的な爆発の方がよく燃える　殴られるように殴ると強い

手を繋ぎ光の春につつまれてブラックバイトとその雇用者が、

ピクサーの新作映画、内容は水が蒸発してるだけです

純粋アンチ

純粋努力は万能だと思っている人

植物は一度枯れてからが本番と持論.com に載っております

「うどんって、茹でたら終わり？　違うよね。セカンドキャリア、あっていいよね」

もう一度試してみようロボットの犬にも心はあると思うし

セミナーのわたくし講師をやってますオリンピックは出れば出れるよ

五大陸全ての山が燃えてるが、今からエコでなんとかしよう

純粋絶対に諦めない人

こんにちは　任意保険にどうしても入らない場合腕を切ります

がんばればがんばっただけ手に入る。そういうもんですビットコインは

バンダナをすればなんとかなるだろう『味は見た目が9割』とある

焼き串

悲しみも詠になるよと言ってくる人を全員焼き串で刺す

ピクミンが付いてくることに疑いのまるでない人を焼き串で刺す

焼き串で刺す。

焼き串で刺しもう一度よく刺して熱っし直して入念に刺す

かねてより刺せたらいいながありまして、この度刺せて嬉しく思う

純粋思想

日暮里のルノアールだけがほんとうのこの世にひとつだけのルノアール

被害者はお米を食べろ加害者は任意の主食をお選びください

車ってブーンとか言うしスピードも出してくるからその分進む

純粋やむを得ない事情

メレンゲの気持ちと言うが実際はメレンゲを見た人の気持ちだ

放射性100円ショップでダンシングサタデーナイトの～被爆 edition～

古民家の雰囲気だけでは無理ですし、食べログレビューも荒れていますよ

しはらえとこわい闇金がゆっくりの声で主張をしてくるはらう

ショッカーは全員ＩＫＥＡの元社員すごくかわいいとても働く

純粋助けたい

あの檻にランチパックの外側の耳で生きてる妖精がいる

小窓から覗いて来たよまたシェフが絶滅危惧種の小さいシェフが

純粋誰にも連絡をせずに始まって終わる夜
ブランコを鬼ほどこいで詩を作りハッフルパフに組分けをされ

「こしがや」が余っているよ3つほどガラスを割って持ってこうか

棒なんか刺さればいいよみんなしてそのまま溶けて燃えたらいいよ

液体になって全部を含む夜内燃機関は北極にある

容態を指す言語野が溶け落ちて輝きだけで人が来て去る

AM5:00 まではなんとかなるだろ夜だからそれから先はよくわからない

人類はわりと心が広かった empty 的な夜の忙殺

龍が気さく

捨て龍が思ったよりもよくなつく　干からびた茎もジャンジャン食べる

弟は心配をする中国の険しい山は近所にないと

干からびた、あの、食べますか。ようかんは。
なんでも食べる。なんでも食べる。

ドラゴンと試しに呼んだら逆鱗に触れてさみしい。霧　熱帯夜

いい龍が寝藁にした草はよく干せば最上級のほうじ茶になる

すばらしい世界に一つだけの龍、龍とたのしい明るい未来

戦争が龍の部分を持っていく龍は役立つ明るい未来
水晶を空軍士官が持っていきこれからは龍も戦う未来
財産になるものをすべてくり抜かれひとに甘える眼窩は暗く

両髭を千切り取られてそれでも龍は、ギャグとかを言う

「龍がよく行くスーパーはなんでしょう。答えはもちろんマックスバ龍」

連れてきた龍病棟は満室でやむなく朱雀のエリアに寝かす

最終の、シャインマスカット食べられずこれは干からびてないねと言われ

「嘘」

蕁麻疹作り方講座受講した？　講師はマイケルジャクソンらしい

わたくしが人間だものの作者です相田みつをはその作者です

スシローであえて今度は魂をレーンに流して炎上しよう

キムタクがマックをかじるそれだけのためにカンブリア爆発は起きた

リラックス風呂

リラックス風呂　とあるけどリラックスしない風呂ってあるのだろうか

リラックス風呂　野菜サラダ　グルメ味　ギャル系キャバクラ　自由空間
過酷風呂　サラダ背脂　まずの素　翁吊るし場　パワハラコーナー

ヒマ無職　ありがたマネー　イヤ砂漠　お得ポイント　残念死亡

プロ人間　祖母三千円　やや砂漠　国のポイント　感謝往生

邪魔ギター　つまらなスカイ　無イケメン　ややウケパスタ　地味ハンドタオル

ミニ木魚　爆笑地面　有女性　つまらなオードブル　敗訴藁半紙

うそ映画　無意味ハチマキ　柄木目　闇インターネット　光チャーハン

ほんと人生　有意義トート　無地足裏　光ケーブル　闇アルデンテ

この世はあまりにも不可解

半分は機械じゃないから「キカイダー」とか言われても同意できない

神様に「盛り上がってる？」と聞かれたが、あなたが来たから盛り下がってる

最悪の場合は犬を逃すけどまずは謝罪を聞かせてほしい

ニヤニヤとしてばっかりですいません（命ですから許してください）

この店はハラル対応とありますが、ハラル以外は全てが不安

オリジナルサラダといって出てきたがどこもかしこも知っている味

頭蓋骨くらいの球を転がして肋骨くらいの棒を倒した

ソーメンを食べる行為がわからない幻ばかり見てる我々

この家に泥棒をする価値のあるものは一つもないのは同意

土間土間は土間を二乗して土間よりも限定的なお食事を出す

拾ったがさほどいいとは思わない紅葉狩りにも適性がある

ソビエトの左翼は何もしないのに日本の左翼はよく働くね

オシャレだが部屋に置くにはデカ過ぎる外に置くにはオシャレすぎるし

「ビンゴ」って言って目立った7秒で価値をなくした命があった

占いの館がビルの3階で他のフロアは館ではない

命ってあればあるだけ面白い死んでる草はやや面白い

野菜しか食べない人もカルピスは飲むしギトギトのチャーハンを出す

安心をしなくてもいいしてもいい既に被曝はしつつあるから

嘘つきも正直者も似てはいる百円ショップがそれの中間

思ったらダメだと思い、思ってないことにしてたがこの歯医者（鯉の餌の匂いがしてる）

恋人よテトリスの
長い棒用のスペー
スを
作り待ってる人よ

面白くない私には価値がない面白いわたしにも価値はない

爆発で先祖代々死んでいる2日前から爆弾がある

家にある草がジワジワ死んでいくどういう草かわかりもせずに

わたくしが命を選別いたします未満のものは、合成素材へ

友達になってよ私面白い割には無害収入もある

ほぼ日に売っていそうなシアバター暴徒と化した市民が盗む

Wi-Fiを防ぐ液ですわたくしは天命を受けてこれを売ります

平等は無価値という一点で光る蒲田でパンを持つ人

唐突にええじゃないかで閉ざされた全国大会最後の夏日

ベスト・オブ・苦労・オブ・ザ・イヤー・努力賞withアゲインスト審査員賞

心でしょう壊れるならばいくらでもそれだけのことがただわからない

心臓が七個あったらよろこべる二十五個あれば人間やれる

様々な地獄の中の大トロが愚痴をおもしろくなく言ってくる

ただ崖を登って逝こう明るいね、極限を超えて愉快になろうか

降下するように生きようこれからは根本的に意味がないから

featuring 滅亡

アイフルが全焼している天一も全焼している家に帰ろう

後半はなにしてたのかわからない前半触った光が人に

きのうからやってきたジョーは快活でマックスバリュに行きたいと言う

ジオラマをこわしてつくるデーモンが生簀から鯛をすくって捌く

炉心部が剥き出しになり夏の夜ボディマハッタヤさん黒煙くだく

暗闇に堕ちる火花が心臓をもっていくからサービスします

あれ光涙でしょうか人間のいいえ違いますます量子のもつれ

イデっぽいものがあるよねtelomereが欠け落ちる度の新月などに

降ってくるあれ全部魂どうしたの明るい明るい明るいオデン

８０億いるというのは嘘でして、実は７名ほどなんですね

７名のうち３人がいなくなり、未読一件「吹き抜けに向かう」

あとがき

小学校の卒業式で、

「満開の桜の下で今日」
「僕たち」
「私たちは」
「卒業します」
「入学式」
「初めての教室」
「うれしかった、ランドセル」

「共に学ぶ仲間」
「はじめての遠足」
「おいしかった、給食のカレー」

と、卒業する生徒が在校生に向けて「汎用思い出フレーズ集」を一人一フレーズずつリレー式に叫ぶという、誰に向けてやっているのか、よくわからないくだりがある。

なんのためにそんなことをやるのか。

わからない。ランドセルは、誰にとってもうれしいのか。カレーは万人にとっておいしいのか。そもそも、卒業式の日に桜が満開であるとは限らないのではないか。

そんなことをひとつひとつ考えてしまう人間は社会の歯車として不都合である。今考えると、不適合な人間にもまだ取り返しのつく段階で再教育の機会を与えてあげよう、という思いやりのプレゼントだったのかもしれない。だとしたら、あんまり効き目はなかった。

一体、このフレーズ集を考えたのは誰なのか。小学生の私は気になった。目線に当事者性がなく、俯瞰的で無駄がない。誰にでも当てはまるよう調整された汎用性の濃度、自分ごとでも他人ごとでもない、絶妙な距離感。

ラーメンハゲの芹沢さん（※）がこのフレーズ集をみたら、

「ヤツらは小学校を卒業しているのではない。情報を卒業しているんだ！」

と、批判をするのではないか。

五十音順の出席番号に沿って割り当てられたフレーズを、「いかにも」なムードで口ずさみながら、誰も自分ごとだとは思っていない。言われたからなんとなく、とりあえずやっている。「万人の万人に向けた他人事」である。フレーズが数珠繋ぎになり「泣けるコンテンツの全体像」として表現されたときには「クラス全員にとってのかけがえのない思い出」ということになっている。そんなふうに考えると、我々の六年間とは実に空虚ではないのか。じゃあなんでもいいのではないか。

しかし思うに、小学校とはそんなにアヤフヤな光の面ばかりのフワッとした施設ではなかった。生命エネルギーをギロンギロンにみなぎらせた若い命が集まり、社会性を植え付けられる施設ならではのすさまじい事件だって多かった。

たとえば、かつて見たギチギチのミドリガメはすごかった。

その日、私はあまっていた。

通っていた小学校で、数年に一度の特別な大掃除をすることになったのだが、どこに行ったらいいかわからない。仕方がなく廊下をウロウロしていたら、教頭先生に見つかってグラウンドのハジにある排水用の側溝を掃除するよう、命じられた。なんだか嫌な予感がしたが、しぶしぶ側溝に向かった。側溝は、遠かった。校舎の出口から10分ほどかかった。用具置き場として設けられたプレハブ小屋の裏にある側溝周辺には人気がなく、陰鬱である。

ペンキのはげた生臭いシーソー。苔みたいな草。石というには大きいが、岩というには小さいものがごろごろしている。陰鬱なムードに押され、もう帰りたくなったが、ほかにやることもないのでしかたがなく側溝の蓋を取り外したら、溝いっぱいに大人の両手ほどの大きさに成長したミドリガメが詰まっていた。みしみしに、隙間なく、限度いっぱいつまっていた。スイス製の超高級腕時計の内部構造のやりすぎなつまり具合を思い出した。デパートで売っている高級なフルーツゼリーのフルーツくらいつまっていた。なんでこうなっているのかわからない。岐阜の怖さが出ている。ショックで、フタを閉じた。もう一度開ける強さが当時の私にはなかった。

側溝ミドリガメ事件は、その後、私の小学校生活全体に影を落とした。大人とは人間社会のために自己家畜化された牧畜である。子どもらはそれを模倣するが、幼い肉体に宿った抑えきれない生命エネルギーが模倣の裂け目から噴出し、そこいらじゅうに飛び散る。擬態をやめて直視すると、かなり野蛮な光景が繰り広げられている。そういう野蛮さを「フワッと」させておくシステムがいろんなところにある。

ジックリ考えてみると、人間のやっていることはわりと大体そんな感じだ。理由もなく、明確な目的意識もないまま、フワッと与えられた汎用的な思い出のフレーズに、まずは自分を当てはめる。当てはめたんだから大体そんな感じでしょう、と協力的に錯覚を作り出すことによってそこに「人生」っぽいものがある気分に浸っているというか。浸る能力を高めておくと野蛮そのものを直視せずにすむとうっすら気がついているというか。「気がついている感じ」と「気がついていない感じ」をうまいことDJして全体をやりくりしている。

万能の他人事フレーズの収束に共同体の自我を見出し、みんなでフワッとさせておく能力。そういったものがないと、ニンゲン社会でやっていくキッカケを恒久に失うのではないか。そんな感じがある。

やってみよう。自分なりにそう思った。できる限りのフワッとした感じを表現したい。そう思い、フレーズの割り当てが印字されたプリントを確認すると、

水野　アルコールランプ

とあった。前後の文章を確認すると

水野　たのしかった、理科の実験
水野　アルコールランプ
水野　ガスバーナー

とあった。学校は水野姓が多い地域にあったので、前後のクラスメイトも水

野さんではあったが、私の水野は「アルコールランプの水野」だった。水野はマ行だから出席番号が最後尾に近い。そのせいか、内容が粗雑である。なんというか「稼ぎ」の雰囲気すらある。しかも、内容がぜんぜんフワッとしていない。もっと、あったんだか、なかったんだか、アヤフヤな思い出を「あった」ことにして人間らしさを積極的に捏造する儀式に参加したかった。アルコールランプはただの事実というか、実験装置である。実験装置はこの上なくアヤフヤではない。教室のはしで熟考しているうちに、気づいたらひと気がなくなっていた。下校しながらどうしたものか考えた。

通っていた小学校は山の頂を切り開いた土地にあった。頂に向かう斜面には舗装された小道や階段があり、その脇にはいやにモダンというか、ドイツ構成主義のような趣漂う閑散とした公園があった。山の頂には小学校しかないから通学時間帯以外には誰も来ないのだった。芝が濡れていた。雨が降ったのではない。山だから濃霧が立ち込め、それが露になるのだ。私は腰を下ろした。体操着が露でしめったが、気にならなかった。ランドセルを芝の上に転がした。

投げやりにハモニカが転がり出た。二、三吹いてみた。ろくに吹けなかった。寝っころがって、両腕を枕に薄曇りの空を見あげた。曇天というか、もっと不吉な感じだ。雨にはつながらないタイプの曇天模様と言ったらいいのか。薄曇りのグレーは今目の前の空だけでなく、ドームスクリーン状に地上の全体を覆い、宇宙の全容すら覆い尽くしているように思えた。唇が乾燥していた。声が出るかしら。縦に開くと、唇のはじが切れた感触のつぎに、鉄と露草の匂いが口腔に沁みた。あ、あ。ああ。マイクテストのように、あたまの中で声を出した。つぎに声を出した。

「アルコールランプ」
「アルコールランプ」
「アルコールランプ」

この感じが続くのであろうか。濡れた後頭部に石と土の感触があった。

結局、アルコールランプではフワッとならなかった。フワッとさせかたがわからないまま、自分なりの過剰な直視の度合いでここまでやってきてしまった。こういった、私のフワッとさせる気のなさを「純粋」と言う人もいる。ものは言いようである。これを「純粋」とするならば、みなさんが思っているほどフワッとしていないが、大丈夫だろうか。

※ラーメンハゲの芹沢さん
『ラーメン発見伝』シリーズに登場するラーメン実業家。ラーメン業態をドライな視点で捉えている。「ヤツらはラーメンを食ってるんじゃない。情報を食ってるんだ！」という発言が有名。

水野しず（みずの・しず）
バイキングでなにも食べなかったことがある。1998年、岐阜県多治見市生まれ。武蔵野美術大学造形学部映像学科中退。著書に『きんげんだもの』（幻冬舎）、『親切人間論』（講談社）、『正直個性論』（左右社）。
歌人っていうほどのことはしてないし、さえずりドカタと呼んでください

抜け出しても抜け出しても変なパーティー

二〇二四年十一月八日　第一刷発行

著者　水野しず
発行者　小柳学
発行所　株式会社左右社
東京都渋谷区千駄ヶ谷三丁目五五－一二
ヴィラパルテノンB1
TEL　〇三－五七八六－六〇三〇
FAX　〇三－五七八六－六〇三二
https://www.sayusha.com

装画　横山裕一『巨象』(888ブックス刊)
「トリガー」「メガネ」より
協力　三嶋一路(Ichiro Mishima)
ANOMALY
装幀　吉田宏子(888ブックス)
名久井直子
印刷所　創栄図書印刷株式会社

ISBN978-4-86528-441-6